GUÍA DE LECTURA

Escrita por Hadrien Seret
Traducida por Marta Sánchez Hidalgo

Los miserables

de Victor Hugo

VICTOR HUGO

POETA, DRAMATURGO Y ESCRITOR FRANCÉS

- **Nacido en 1802 en Besanzón (Francia)**
- **Fallecido en 1885 en París (Francia)**
- **Algunas de sus obras:**
  - *Hernani* (1830), obra de teatro
  - *Nuestra Señora de París* (1832), novela
  - *Los miserables* (1862), novela

A Victor Hugo (1802-1885) se le suele considerar el escritor por excelencia del siglo XIX. Precursor de la corriente romántica francesa, con sus posturas políticas (que le costarán el exilio entre 1851 y 1870) y sus éxitos literarios ejercerán una influencia inmensa en Francia.

Hugo, polígrafo talentoso, es el autor de muchas obras que hoy en día son clásicas y cultivó varios géneros, entre los que destacan la poesía (por ejemplo, *Los castigos*, 1853, o *Las contemplaciones*, 1856); el teatro (*Cromwell*, 1827, cuyo prefacio expone los principios del romanticismo, y *Hernani*, 1830, cuya presentación provocó tal escándalo que se llegó a provocar enfrentamientos) y la novela (*Nuestra Señora de París*, 1832; *Los miserables*, 1862; *El hombre que ríe*, 1869, etc.).

LOS MISERABLES

UNA FICCIÓN REALISTA CON MÚLTIPLES FACETAS

- **Género:** novela
- **Edición de referencia:** Hugo, Victor. 2008. *Los miserables*. Traducido por Nemesio Fernández Cuesta. Barcelona: Planeta, colección *BackList Clásicos*
- **Primera edición:** 1862
- **Temáticas:** pobreza, amor, muerte, religión, redención, revuelta

Los miserables es una obra que se compone de cinco tomos, que se publicó en 1862. La trama de esta obra, muy densa, se centra en el personaje de Juan Valjean, un antiguo prisionero condenado a galeras, y su camino hacia la redención. El héroe conoce a muchas personas, pretexto para describir la miseria que abruma al pueblo, todo ello apoyado en la recreación histórica.

Los miserables, con un éxito fenomenal a su salida, se ha impuesto como una de las obras más vendidas y más leídas de la literatura francesa.

RESUMEN

PRIMERA PARTE – FANTINA

Después de muchos años encarcelado por haber robado pan y haber intentado escapar, el prisionero Juan Valjean sale de prisión. Cuando llega a Digne en busca de un alojamiento para la noche, su antiguo estatus de prisionero le cierra todas las puertas, excepto la del señor Carlos Myriel, el obispo del pueblo, que le ofrece comida y cama. Pero Juan Valjean huye durante la noche tras robarle plata y dos candelabros. Lo coge la policía y lo lleva ante el eclesiástico. Este último le perdona su mala acción y lo compromete a hacer el bien. Después de otro delito que será el último, sigue el consejo del obispo.

En París vive una joven llamada Fantina. Abandonada por su compañero, que la ha dejado embarazada, no tiene medios para enfrentarse a los cuidados que necesita su hija, Cosette. Se resigna a abandonar la capital francesa para irse a Montreuil, donde espera encontrar trabajo. Al darse cuenta de que la niña le impedirá llevar a cabo su plan, decide entregársela a los Thénardier, una pareja de taberneros maliciosos que aceptan quedarse con Cosette a cambio de un pago mensual.

Fantina regresa a su ciudad natal y se da cuenta de que todo ha cambiado: un industrial, el señor Magdalena, ha reactivado la economía de la región. La joven consigue encontrar un trabajo para satisfacer tanto sus necesidades como las de su hija, a pesar de los altos pagos regulares a los Thénardier por falsas excusas. Por desgracia, las otras obreras, celosas de Fantina y tras descubrir que es madre soltera, consiguen que la despidan por una supuesta orden del señor Magdalena. Al borde de la desesperación, la madre de Cosette termina prostituyéndose para enfrentarse a las deudas cada vez más altas de la pareja de taberneros.

Un día, un altercado con un burgués provoca que Javert le arreste. A pesar de sus súplicas, el inspector la condena a seis meses de cárcel. Pero el señor Magdalena, que ocupaba la alcaldía mientras tanto, impugna la sentencia. Ante los insultos de Fantina, que le hace responsable de su desgracia, comprende la burla que le han hecho y decide arreglar el malentendido: le promete pagar el dinero que debe a los Thénardier y llevar a Cosette a Montreuil. Además, hospitaliza a Fantina, cuya salud flaquea.

Como ven que la joven puede asumir las deudas, los Thénardier intentan sacarle más dinero y se niegan a ceder a Cosette, que se ha convertido en una verdadera mina de oro. Cuando se decide a ir a buscar a la niña él mismo, Javert pone al alcalde al corriente de un asunto extraño: han arrestado a un tal Champmathieu, que resultó ser en realidad el terrible Juan Valjean: juzgarán al criminal al día siguiente en Arras. El señor Magdalena sabe que no es cierto, porque él es el verdadero Juan Valjean. Tras muchas dudas, decide ir al juicio para entregarse y evitar una injusticia.

En Arras, anuncia durante el juicio su verdadera identidad, que demuestra con ayuda de detalles que sólo él conoce. Se declara inocente al acusado y Juan Valjean vuelve rápido a Montreuil al lado de Fantina, que está enferma. Un poco más tarde, Javert va a arrestarlo al hospital y le revela a la joven la verdadera identidad del señor Magdalena. Fantina muere de tristeza al darse cuenta de que no volverá a ver a Cosette.

Juan Valjean se escapa de prisión. Coge todos sus bienes y algunos efectos personales y consigue huir gracias a una mentira de su sirvienta.

SEGUNDA PARTE – COSETTE

Vuelven a arrestar a Juan Valjean después de pasar por Waterloo (ocasión que usa el autor para rememorar la célebre batalla) y errar durante mucho tiempo. Cuando Valjean se dispone a subir al «Orión», el barco al que se le ha condenado a remar, su vigilante le da permiso para salvar a un marino de la galera que está en peligro de muerte. Aunque lo consigue, cae al mar y no sale a flote: se le considera muerto.

Hace más de cinco años que Cosette trabaja para los bribones Thénardier. La maltratan y lleva a cabo las peores tareas de la taberna. Un día al anochecer, sus torturadores la mandan al río a sacar agua. Muerta de miedo, consigue cumplir su tarea. Mientras se esforzaba para llegar a la taberna, un hombre le ayuda a llevar su carga y la lleva a su destino: es un viajero en búsqueda de un refugio. Cuando llega a la taberna, el viajero impide que los Thénardier maltraten a Cosette y, todavía mejor, llena a la chiquilla de regalos, para desgracia de los taberneros. A la mañana siguiente, el viajero negocia la liberación de Cosette con previo pago. De esta manera, la hija de Fantina deja el establecimiento con su misterioso benefactor, que es nada más y nada menos que Juan Valjean.

Los dos van a París. Juan Valjean alquila una habitación en un antiguo caserón, la casa Gorbeau, para esconderse con Cosette. Allí llevan una vida sencilla y apacible. El antiguo prisionero se gana reputación de generoso en poco tiempo. Una misericordia que llama la atención, sobre todo cuando pide regularmente a su conserje que le cambie billetes de mil francos, señal de una riqueza que contrasta con su aspecto miserable. Este misterio llega a oídos del inspector Javert, que decide llevar a cabo una pequeña investigación. Valjean, consciente de que le están vigilando, decide huir. Pero el policía, que por una hábil reflexión se ha dado cuenta de lo que va a hacer, le tiende una trampa. Después de una persecución por las calles de la capital, el presidiario y la chiquilla consiguen escapar y aterrizan en el jardín del convento Picpus.

Allí, Fauchevelent, un antiguo comerciante que ahora es jardinero, reconoce a Valjean como el señor Magdalena, porque en cierta ocasión el alcalde le salvó la vida. Fauchevelent acepta ayudar al presidiario y a su hija: puede meterlos en el convento haciéndolos pasar por su hermano y su hija. El problema es que los recién llegados tienen que atravesar simbólicamente la puerta del convento para ser aceptados. Aunque no será difícil sacar a Cosette del convento, sí que lo será para Juan Valjean. Por suerte, el fallecimiento de una hermana a la que se quiere enterrar ilegalmente bajo el altar facilita las cosas: el esclavo ocupará su lugar en el ataúd que saldrá oficialmente de convento. Como Fauchelevent es amigo del sepulturero del cementerio, se las arreglará para sacar al antiguo preso antes de volver a tapar la fosa.

Todo sucede excepto por un contratiempo. Después de haber recuperado a Cosette, alojada no muy lejos de allí, Juan Valjean y ella entran en el convento, donde llevan una vida apacible.

TERCERA PARTE – MARIO

Gavroche, un chico miserable que deambulaba por las calles de París, visita a sus padres, los Jondrette, que viven en la casa Gorbeau. Al lado de la habitación que ocupan vive un joven pobre que se llama Mario. Es hijo del coronel Pontmercy, un antiguo soldado de Napoleón al que Thénardier, que intentaba atracarle, salvó por casualidad en la batalla de Waterloo.

El coronel Pontmercy, despojado de todos sus títulos tras la caída del imperio, se casa con la hija del rico burgués Gillenormand, que muere al dar a luz a Mario. El señor Gillenormand, por una amenaza de dejarle sin dinero, se apodera del niño y le prohíbe al padre intentar verlo. El antiguo coronel suele infringir esta regla al ir a ver unos segundos a su hijo cuando va de camino hacia la iglesia. Cuando llega un poco después al edificio sagrado, le confía su destino trágico al padre Mabeuf.

Un día, Mario recibe una carta de su padre en donde le cuenta que está muriéndose y que le gustaría verle por última vez. Gillenormand acepta la visita, pero Mario llega tarde. Poco después, durante una misa, éste conocerá la verdad sobre su padre por boca del padre Mabeuf. Es un golpe para el joven que, después de muchas búsquedas, descubre la identidad de su progenitor. Decide adorarlo, además se hace llamar Mario de Pontmercy y busca el rastro del salvador de su padre, un tal Thénardier. Cuando su abuelo se entera de esto, estalla una discusión que acaba con el joven yéndose de la casa familiar.

Mario llega a París sin dinero. Hace amistad rápidamente con los amigos de la ABC, un grupúsculo prorrepublicano. Tres años más tarde, su situación financiera se estabiliza: ocupa una habitación del caserón Gorbeau y consigue vivir decentemente a pesar de sus pocos medios. Suele visitar al padre Mabeuf, que vive cerca de allí y en su tiempo libre pasea por los Jardines de Luxemburgo.

En ese parque el joven conoce a una muchacha a la que acompaña un anciano que parece ser su padre. Los llama señor Blanco y señorita Negro. Mario, que se enamora perdidamente de esta extraña caminante, va todos los días a los jardines para verla. Poco a poco, las visitas de la pareja se van reduciendo hasta que la pareja de acudir, lo que apena mucho al hijo de Pontmercy. Intenta conseguir su dirección en vano.

Unas semanas más tarde, Mario observa a sus vecinos, los Jondrette, a través de una mampara improvisada y lo único que puede comprobar es su pobreza extrema. Se da cuenta de que reciben la visita de los benefactores, en los que reconoce a la chica y al anciano de los Jardines de Luxemburgo. Prometen a la familia volver a las seis para darles dinero. Cuando la pareja se va, Mario escucha que Jondrette tiene la intención de ponerle una trampa al señor Blanco a su vuelta para desvalijarle. El joven, asustado, se lo revela a Javert y juntos trazan un plan: Mario llevará dos pistolas y observará la escena desde su escondite. Cuando las cosas se pongan mal, abrirá fuego: a esta señal, el inspector y sus hombres intervendrán.

Más tarde, cuando el señor Blanco entra en la habitación de los Jondrette, lo recibe el propietario de la casa acompañado de un grupo de bandidos. Rápidamente, a pesar de una resistencia sorprendente, lo atan. Jondrette revela su verdadera identidad: es Thénardier. Exige al señor Blanco, como compensación de su robo de un niño cometido hace ocho años, doscientos mil francos. Thénardier, para asegurarse su docilidad, le obliga a decir su dirección para que los bandidos puedan coger a su hija como rehén. Pero la dirección es falsa. Cuando vuelve para vengarse, se ve sorprendido por el anciano, que mientras tanto ha conseguido liberarse parcialmente. Se dirige a sus torturadores, que no pueden matarle porque Javert interviene. Arrestan y encarcelan a todo el mundo menos al señor Blanco, que es nada más y nada menos que Valjean, y ha aprovechado el tumulto para huir.

CUARTA PARTE – EL IDILIO DE LA CALLE PLUMET

Juan Valjean, conocido desde entonces con el nombre de Último Fauchevelent, ha abandonado el convento para instalarse en la calle Plumet con Cosette y una sirvienta. También ha comprado dos apartamentos que va alternando para evitar que cualquiera sospeche de él.

Cosette se ha convertido en una chica encantadora y está muy contenta de permanecer con él porque lo considera su padre.

En cuanto a Mario, sigue trastornado por los sucesos de la noche anterior y por el arresto del hombre que ha buscado durante tanto tiempo: Thénardier. Se va de la casa Gorbeau. En la calle el pueblo bufa por las medidas tomadas por el rey Luis Felipe y empieza a prepararse para una posible revolución.

Un día Eponina, una de las hijas de Thénardier, va a buscar a Mario para decirle que ha encontrado la dirección de la señora Negro. El joven se acerca y deja una carta para Cosette. Esta ha cambiado mucho: consciente de su belleza, le gusta exhibirse por las calles de París, para desgracia de Juan Valjean, que tiene la impresión de que su hija se aleja de él. Además, desconfía mucho de Mario.

Poco después, Cosette descubre la carta del hijo de Pontmercy. Sus sentimientos son recíprocos y consiguen verse por la noche en el jardín de la casa. Comienza un idilio. Pasa el tiempo, Mario tiene pensado pedir al señor Blanco la mano de su hija, pero sabe que no podrá conseguirla sin la aprobación y sin la fortuna del señor Gillenormand. Por desgracia, aunque éste esté contento de volver a ver a su nieto, se niega a ayudarle para la boda. Mario, harto, regresa a su casa y se entera de que Cosette se va a Inglaterra por decisión de Juan Valjean, que se ha dado cuenta de la atracción recíproca de los dos tortolitos. Entonces escribe una última misiva a su amada en la que le anuncia que morirá si no puede volver a verla.

Mientras tanto, Gavroche, después de enterarse del arresto de su familia, deambula por las calles en busca de comida. Su precaria situación no le impide, sin embargo, recoger a dos niños tirados en la calle y protegerlos. Gavroche, para poder satisfacer sus necesidades, ayuda a un amigo bandido en la fuga de Thénardier.

Más tarde estalla un motín y se levantan barricadas. Rápidamente Gavroche, el padre Mabeuf y Mario se unen a los Amigos del ABC en su lucha. Los combates causan estragos entre la policía y los revolucionarios. Eponina muere intentando proteger a Mario, al que ama secretamente. Arrestan y atan a Javert, que se ha infiltrado entre los contestatarios para espiarlos. El padre Mabeuf muere.

Juan Valjean ha recibido la última carta de Mario y se da cuenta de que no podrá hacer nada para impedir su amor por Cosette. Por ello decide volver a las barricadas para salvar al joven.

QUINTA PARTE – JUAN VALJEAN

A pesar de la violencia de los cañones, la barricada aguanta, pero no por mucho tiempo: los revolucionarios sufren fuertes pérdidas, Gavroche muere en una lluvia de balas y los Amigos del ABC caen uno tras otro.

Juan Valjean consigue poder ejecutar a Javert gracias a sus proezas. Lo lleva aparte, pero no lo mata y lo libera mientras dispara al aire para que crean que el policía ha muerto. Al volver al campo de batalla, ve que a Mario le alcanza una bala y se desvanece. Aprovecha la confusión del momento para adueñarse del cuerpo y huir por las alcantarillas de París. En cuanto a la barricada, se rinde definitivamente y fusilan a sus impulsores.

Después de una marcha agotadora por el subsuelo de la capital, Juan Valjean consigue salir de las alcantarillas con ayuda de Thénardier, que no le ha reconocido. Pero al momento se encuentra cara a cara con Javert, que se adueña de él. Valjean, que esta vez cree que no tiene escapatoria, consigue que le permitan llevar a Mario a casa de los Gillenormand para que le cuiden. Sin embargo, una vez hecho esto, el inspector se exalta y libera a Valjean. Más tarde, lleno de remordimientos por este acto, el policía se suicida.

Pasan seis meses. Mario se recupera y busca en vano a la misteriosa persona que le ha salvado en las barricadas. Mientras tanto, el señor Gillenormand, lleno de alegría por la vuelta de su nieto, aprueba la unión de Mario y Cosette. «El señor Blanco» hace lo mismo y ofrece a la pareja toda la riqueza que acumuló siendo «señor Magdalena» y que ha conservado cuidadosamente. Celebran la boda a lo grande. Pero Juan Valjean no puede participar en la alegría general porque tiene el sentimiento de haber perdido a Cosette para siempre. Esta última se preocupa cada vez menos por él a pesar de sus visitas regulares.

Juan Valjean, para evitar que Mario tenga problemas, le revela su verdadera identidad y su posición social de antiguo prisionero. El hijo de Pontmercy, aturdido, lo echa de la casa. El presidiario se pone enfermo en la suya y empieza a debilitarse.

Poco después, Thénardier se presenta en casa de Mario con una información de gran importancia: Juan Valejan es un antiguo prisionero y un asesino. Aunque el joven estuviera al corriente de la primera parte de la revelación, la segunda le deja más perplejo. Para respaldar su información, Thénardier le enseña un trozo de tela roto de la ropa de la víctima del presidiario. Pero Mario reconoce el trozo que le faltaba a la prenda que llevaba el día de la barricada: entonces se da cuenta de que su salvador fue Juan Valjean.

Después de echar a Thénardier, va con Cosette al domicilio del que fue el señor Magdalena. Sin embargo, éste está ya agonizando. Después de haber esclarecido los últimos misterios que estaban en el aire, Juan Valjean se apaga tras perdonar a la pareja.

ESTUDIO DE LOS PERSONAJES

Como el título indica, *Los miserables* es el retrato de diferentes personajes cuyo punto común es que están azotados por la miseria, material o moral. Sin embargo, al analizar más de cerca el destino de los diferentes personajes principales, podemos clasificarlos en tres categorías.

LOS PERSONAJES QUE CONSIGUEN SALIR DE LA MISERIA

Juan Valjean (alias señor Magdalena y señor Blanco)

Juan Valjean, antiguo prisionero condenado a las galeras, es de entrada el hilo conductor que reúne las distintas partes de *Los miserables*. Este personaje, omnipresente en la intriga, es el padre adoptivo de Cosette. También establece relaciones de enemistad con Thénardier y Javert.

Juan Valjean, hijo de campesinos, de niño roba un pan para alimentar a sus hermanos. Por este acto le condenan y encarcelan durante casi veinte años. Tosco y serio al principio, se vuelve completamente impasible al cabo de dos décadas de encierro.

Una vez fuera de la prisión, aún comete varias fechorías. Pero su encuentro con el obispo de Digne le hace tomar conciencia de la transformación que la miseria ha producido en él: se compromete desde entonces a hacer el bien. Así pues, el antiguo presidiario comienza una larga operación de redención marcada por los sacrificios.

De hecho, Juan Valjean se convierte en el señor Magdalena, un industrial discreto y taciturno que combate la pobreza estimulando el empleo y creando numerosas instituciones de utilidad pública (hospitales, por ejemplo). Reparte gran parte de sus riquezas en limosnas o en obras de caridad. Una ejemplo de esta lucha contra la pobreza es la protección de Fantine, a la que promete mejorar su destino, pagar sus deudas y recuperar a su hija Cosette.

Sin embargo, a pesar de la bondad de su nueva identidad, el pasado de galeote de Juan Valjean pronto lo alcanza. Pero, contrariamente a antes, decide asumir lo que es y sacrificarse: así le vemos renunciar a su tranquilidad para evitar una condena injusta a un inocente. Detenido un poco después por el inspector Javert, asiste impotente a la muerte de Fantina, que ha perdido la esperanza que tenía en él.

Juan Valjean, tremendamente afectado por su muerte, aplica su ingenio de presidiario para conseguir su objetivo: se escapa, encuentra a Cosette y consigue arrebatársela a los Thénardier. Se refugian en un convento donde el héroe se encariña mucho de esta niña que le considera un padre y que le ilumina la vida. Este afecto se convierte en su razón para vivir y acapara poco a poco la atención de Cosette de manera exclusiva. Sin embargo, no olvida sus principios de caridad y sigue utilizando lo que le queda de riqueza para ayudar a los pobres.

Cuando Mario entra en la vida de Cosette, Juan Valjean siente envidia (sentimiento que le era desconocido hasta entonces) y miedo por la idea de perder a su hija. Intenta alejar al joven de su fuente de felicidad, pero se da cuenta de que así perderá a Cosette: entonces decide volver a sacrificarse.

Por eso va a la barricada, salva a Mario y huye por las alcantarillas. Luego celebra amargamente la boda de la pareja: en su corazón tiene el sentimiento de haber perdido a Cosette para siempre. Esta sensación se confirma por el poco interés que le muestra Fantina y porque Mario le expulsa cuando le revela su verdadera identidad. Destruido por su pasado y comprobando con horror el elevado precio de su sacrificio (la desaparición de lo que le hacía feliz), su fe vacila y muere.

Cuando Mario y Cosette llegan rápido a su habitación, agoniza. Pero perdona a la pareja sus faltas y, después de haber encontrado su felicidad y demostrado su arrepentimiento, muere en paz.

Cosette (alias Eufrasia y señorita Negro)

Cosette, cuyo verdadero nombre es Eufrasia, es la hija de Fantina y, más tarde, la hija adoptiva de Juan Valjean. A veces la llaman «la alondra» por su apariencia tímida y débil, debido a las penurias que tuvo que soportar con los Thénardier.

Para este personaje, la miseria empieza desde que nace: de hecho es el fruto (no deseado) de una unión breve. Cosette, pronto huérfana de padre, conoce un principio de vida difícil: como su madre no puede afrontar sus necesidades, la entrega a los Thénardier con la esperanza de que la pareja de posaderos se ocupe de su hija hasta que su situación le permita hacerse cargo otra vez de la niña.

Por desgracia, esta nueva familia la maltrata, la desprecia, la humilla (se viste con harapos, come con los perros, vive y duerme debajo de una mesa) y le encargan las tareas más difíciles. Cosette, que no entiende el origen de esta maldad de la que es víctima, se resigna a estas duras condiciones de vida y a obedecer a los caprichos de sus maltratadores.

Su calvario termina cuando Juan Valjean se la arrebata a los Thénardier y huye con ella hasta el convento Picpus. Allí, durante varios años, disfruta de una existencia tranquila, crece junto a las hermanas y está feliz con su salvador.

Cuando se va del convento para vivir en París, Cosette adopta una actitud reservada y ayuda en todo momento a Juan Valjean: prefiere su compañía al mundo exterior. Sin embargo, rápidamente se da cuenta de su belleza y se enamora de Mario de Pontmercy. Este descubrimiento del amor la lleva a adoptar costumbres más coquetas y a tener poco a poco más independencia ante su padre adoptivo, que intenta por todos los medios mantenerla en su regazo. El idilio se vuelve realidad finalmente por sufrimientos de Cosette, que se debate entre su afecto por Juan Valjean y su pasión por Mario.

Cuando se casa se aleja definitivamente de este padre adoptivo que le parece molesto. Desde entonces, es muy ingenua en cuanto al tema del amor(como su madre), su gusto por el lujo aumenta proporcionalmente a su riqueza y sólo tiene ojos para su esposo.

Cuando tiene conciencia de todo lo que Juan Valjean ha hecho para salir de su miseria es demasiado tarde: éste fallece después de haberla perdonado.

Mario Pontmercy

Mario, hijo del antiguo coronel Pontmercy, es nieto del burgués Gillenormand y marido de Cosette. También está relacionado con el grupo de los Amigos del ABC.

El abuelo de Mario es el encargado de educarle, porque se lo arrebata de pequeño a su padre bajo amenaza de desheredarle. Está influido por las convicciones monárquicas de su mentor. El descubrimiento de las hazañas militares de su progenitor hace que lo considere un desconocido al que adorar. Se vuelve bonapartista y jura encontrar a Thénardier, el hombre que salvó a su padre en la batalla de Waterloo. Un poco después, una violenta disputa política con Gillenormand le empuja a abandonar la casa del burgués. Mario pasa así de la noche a la mañana de las comodidades a la precariedad.

El joven, refugiado en París, conoce la Sociedad de Amigos del ABC, cuya ayuda le permitirá instalarse indefinidamente en la capital. Después de tres años de miseria en los que demuestra una verdadera voluntad de arreglárselas solo (rechaza el dinero que le envía su abuelo), consigue alquilar una habitación en el caserío Gorbeau. Sin embargo, su flechazo con Cosette en los Jardines de Luxemburgo lo aturde hasta tal punto que cae de nuevo en la precariedad porque deja de trabajar. Además, su generosidad innata queda quebrantada cuando descubre inesperadamente a Thénardier en la agresión a Juan Valjean.

Su humor sombrío desaparece gracias a la relación que llega a entablar con Cosette. Sin embargo, esta felicidad dura poco: no llega a reunir los fondos necesarios para el señor Gillenormand para tener la esperanza de casarse con su amada y Juan Valjean intenta alejarla de él. Estas dos novedades le producen un nuevo sentimiento: la desesperación. Así que, con la voluntad de morir, apoya a los Amigos del ABC en la barricada. Herido y aturdido, el presidiario termina socorriéndole.

Un poco después, la celebración de su boda y la riqueza que le otorga por la dote de Cosette le hacen recuperar su carácter habitual. Su nueva relación le hace caer en los excesos que juzgan los miserables: cuando se entera de la vida de Juan Valjean, lo echa de su casa. Cuando habla con Thénardier, se da cuenta de la injusticia de su acto. Sin embargo, el antiguo convicto le perdona antes de morir.

LOS PERSONAJES QUE SE ACOMODAN EN LA MISERIA Y LA UTILIZAN EN SU PROPIO BENEFICIO

Thénardier (alias Jondrette)

Thénardier, tabernero astuto y socarrón, dotado de una tendencia a la maldad y a la búsqueda del lucro, es el enemigo de Juan Valjean, y se arrepiente de haberle entregado a Cosette. Es también el padre de Eponina, Azelma, Gavroche y dos niños que este último recoge.

Antes de hacer sus estudios de hostelería y de casarse, Thénardier era un merodeador que sobrevivía con lo que robaba. Cuando buscaba entre las pertenencias de los cadáveres del campo de batalla de Waterloo, salva la vida del padre de Mario. Usará este hecho para establecer su taberna en Montfermeil, donde recogerá y explotará a Cosette. Pero aunque su objetivo sea hacerse rico, los negocios van mal y su familia vive en la miseria y en el círculo vicioso de las deudas. Esto obliga a Thénardier a recurrir a todo tipo de astucias para sacar la cabeza del agua, sean legales o no (por ejemplo, sus precios abusivos, el robo de fondos, etc.).

Arruinados, Thénardier y su familia se instalan en París en el caserío Gorbeau bajo el nombre de Jondrette. Allí, usa y abusa de su pobreza y usa numerosas identidades para engañar y robar a sus benefactores. También establece relaciones con un grupo de bandidos que le ayudará en la agresión de Juan Valjean. Por desgracia, esto saldrá mal y lo arrestarán.

Thénardier, liberado al poco tiempo por sus compañeros ladrones, vuelve a involucrarse en diversos negocios sospechosos para asegurarse la subsistencia: de esta forma libera a Juan Valjean de las alcantarillas cuando pensaba que estaba ayudando a un asesino. Cuando se da cuenta de su error, intenta aprovecharse y se lo dice a Mario. Pero el joven, indignado, lo expulsa y le paga un billete de ida a América donde se establecerá como negrero.

Gavroche

Gavroche Thénardier es el tercer hijo de la pareja Thénardier. Sus padres lo expulsan pronto del caserío Gorbeau porque no lo desean. Con el tiempo, ha tejido lazos de amistad con el grupo de bandidos que más tarde frecuentará su padre.

Victor Hugo se sirve de este personaje para describir a los chiquillos que vagaban por las calles de París. Dicho de otro modo: es un niño astuto, hábil, que suele jugar malas pasadas a los burgueses para divertirse y que habla la lengua popular de la época: el argot.

Gavroche sobrevive en el mundo hostil de la calle gracias a su perfecto conocimiento de las calles de la capital, su agilidad y su gran locuacidad. Siempre miserable y sin dinero, prefiere este modo de vida a los otros porque le ofrece una libertad total.

Sus condiciones de vida precarias no le impiden ser generoso con los otros necesitados con los que se encuentra: le vemos dar un monedero robado al padre Mabeuf, sumido en graves problemas financieros, o también proteger a dos niños sin hogar.

Atraído por los problemas que surgen en París, se une a los defensores de la barricada donde sus bromas y entusiasmo le valdrán pronto el respeto de todos a pesar de su corta edad. Pero cuando recoge cartuchos entre los soldados muertos, la protección que le daba la niebla desaparece y, descubierto, muere acribillado a balazos.

LOS PERSONAJES A LOS QUE DESTRUYE LA MISERIA

Fantina

En *Los miserables*, Fantina ocupa un lugar importante como madre de Cosette. Victor Hugo la describe al principio como una joven muy guapa, pero discreta y terriblemente ingenua.

Abandonada por su compañero Tholomyès, se encuentra en una situación precaria a nivel económico (debe encontrar un sueldo para cubrir las necesidades de su hija) como a nivel moral (está marcada por la vergüenza de haber tenido a una hija sin estar casada). La dificultad de su situación la empuja a ceder a su hija a los Thénardier, con la esperanza de que la traten bien con ayuda de la suma que les da.

Cuando llega a su ciudad natal de Montreuil-sur-Mer, experimenta un corto período de felicidad en la empresa del señor Magdalena. Pero los celos de las otras obreras, junto con su pasado que la persigue, provocan su injusto despido. Fantina, sin su fuente de ingresos, vuelve a hundirse en la miseria, una pobreza que la marcará tanto de manera física (para pagar la suma a los Thénardier vende su cabello y los dientes) como moral (llega a rebajarse a la prostitución para pagar sus cargos). Todos estos sacrificios tienen un único objetivo: rescatar un día a Cosette de los taberneros.

Esta esperanza es la que la mantiene con vida en el hospital del señor Magdalena a pesar de la gravedad de su estado de salud. Una aspiración que, pese a los esfuerzos del alcalde, no conseguirá. Y cuando Javert se lo comunica, muere y pierde lo único que le daba sentido a su vida.

Javert

Javert desempeña el papel del inspector en la trama de *Los miserables.* Sus padres están en la cárcel, consigue que lo contraten en la policía por su voluntad de alejarse del destino de los dos miserables que le han dado la vida. Como juez de paz es enemigo de Jean Valjean, que se ha cruzado varias veces en su camino, y de Thénardier, al que sigue regularmente la pista.

Para separarse aún más de de sus progenitores, Javert profesa un gran respeto a honestidad y ala ley, que aplica de muy estrictamente. Por eso no duda en condenar a Fantina a seis años de prisión, a pesar de las circunstancias atenuantes, simplemente porque se ha enfrentado a un burgués. Además, cuando ejerce sus funciones, está convencido de tener el derecho todopoderoso de su lado. Por eso no tiene miedo cuando los defensores de la barricada lo amenazan con matarlo: sabe que es parte de los riesgos de una misión y que está en el lado correcto.

Este ahínco que define al personaje tiene una única excepción: el momento en que libera a Juan Valjean después de capturarlo a la salida de las alcantarillas. Este acto es una especie de agradecimiento hacia el presidiario que le perdonó en lugar de matarlo en el asedio de la barricada. Sin embargo, esta falta a la ley hará mella en él: Javert se convence de haberse vuelto tan miserable como sus padres y todos los criminales con los que se ha codeado. Este sentimiento insoportable lo empujará a suicidarse.

CLAVES DE LECTURA

LA SITUACIÓN POLÍTICA EN LA FRANCIA DE 1789 EN *LOS MISERABLES*

Los miserables es una novela impregnada de la situación política francesa del siglo XIX y de muchos cambios de régimen. Victor Hugo sitúa la trama de la obra entre 1795 y 1833 y utiliza numerosas referencias o alusiones históricas. Es necesario una pequeña recapitulación para captar el sentido.

1789-1792: la Revolución francesa y la Primera República

El pueblo francés, cansado de las desigualdades del Antiguo Régimen, se alza contra el rey Luis XVI. Empieza una revolución que culminará con la toma de la Bastilla el 14 de julio de 1789. Después de un período de gestación en el que dirigió el país una Asamblea Legislativa, se proclama la República y un nuevo organismo se hará cargo de su destino: la Convención.

1793-1794: el Gran Miedo

Francia, amenazada por la invasión prusiana y por una falta de avituallamiento para el pueblo, vive una mala situación. Para resolver estos problemas, la Convención crea un comité ejecutivo cuya dirección se confía a Robespierre. Este establece instituciones revolucionarias y aprovecha su autoridad para condenar a muerte a sus adversarios políticos, los enemigos del pueblo y del Estado, y a simples sospechosos.

Este período de miedo termina con el arresto y la ejecución de Robespierre.

1795-1799: la anarquía y el golpe de estado de Napoleón

Después del Gran Miedo, se intenta establecer otras instituciones para gobernar el país. Pero estas resultan ineficaces y Francia es presa de numerosos conflictos. Para poner fin a la situación explosiva, un joven general francés, Napoleón Bonaparte, da un golpe de Estado y toma el control de Francia: es el principio del Imperio.

1799-1815: el Imperio napoleónico

Napoleón, nombrado primer cónsul, consigue acaparar poco a poco todo el poder, lo que leimpulsa a crear un Imperio que acabará dirigiendo. Como es ambicioso, se imagina un vasto plan de conquistas: España, Holanda y una parte de Alemania caerán pronto en sus garras. La única que queda invicta es Inglaterra.

Napoleón, que encabeza la invasión de Rusia, sufre un terrible revés (la batalla de Berézina) y debe batirse en retirada. Poco después es vencido por sus antiguos aliados germánicos y los ingleses en Fontainebleau. Lo detienen, deportan y exilian en la isla de Elba. Un año más tarde se escapa y, con la ayuda de los veteranos, intenta volver a tomar el poder. Esta campaña durará cien días, antes de la total derrota de Napoleón en Waterloo en 1815.

1815-1848: la vuelta de la monarquía (la Restauración) y la monarquía de julio

La caída del Imperio provoca la vuelta al trono de Luis XVIII, hermano de Luis XVI. En 1830, Luis Felipe de Orleans, que pertenece a otra rama de la dinastía, lo sucede y con su llegada se instaura la monarquía de julio. Pero la toma de medidas refutadas lo hace impopular y su reinado estará marcado por revueltas cada vez más graves (sobre todo en 1832).

En 1848 el pueblo se vuelve a sublevar: se deroga de nuevo la monarquía y se instaura la Segunda República. Napoleón Bonaparte está a la cabeza, pero las ambiciones del sobrino de Napoleón I pronto le impulsarán a erigir su propio imperio.

UNA VISIÓN HUGOLINA DE LA HISTORIA

Los miserables se desarrolla en un intervalo de tiempo muy preciso. Para refrescar la memoria de los lectores, Hugo se permite a veces exponer algunas digresiones históricas para destacar sucesos que considera capitales. Esta puesta en relieve de algunas partes de la historia no es trivial: subjetivamente, es la oportunidad del escritor para exponer su sentimiento personal sobre los hechos que han tenido lugar. De esta forma, el autor denuncia sobre todo:

- la batalla de Waterloo, un suceso que considera que ha cambiado el aspecto del mundo. De hecho, el Congreso de Viena que sigue a esta derrota transforma el mapa de Europa (Francia tiene que hacer numerosas concesiones territoriales) y la relación de fuerzas entre las naciones. Sin embargo, la descripción que el autor da de este conflicto, aunque esté muy bien documentada, se inclina mucho del lado francés: exagera las acciones del ejército bonapartista y alaba a Napoleón que, según él, detuvo su plan por voluntad de Dios;

- el reino de Luis Felipe de Orleans. Para introducir el clima de rebelión que conducirá a la escena de la barricada, Hugo se permite un largo desarrollo de las consecuencias de la Restauración y del advenimiento de Luis Felipe de Orleans. Una vez más, el autor nos ofrece una visión subjetiva de la realidad histórica: atenúa y justifica los errores del nuevo régimen y ofrece una descripción extremadamente positiva del monarca. Esta tendencia no es sorprendente teniendo en cuenta que el escritor era afín al rey, que lo había nombrado par de Francia;
- los motines de 1832. Los motines estallan en 1832 como consecuencia de las medidas represivas tomadas por la monarquía de julio. Hugo, retomando un evento del que fue testigo (en el asedio de una barricada), intenta demostrar cómo las revueltas de 1848 fueron más eficaces que las de este año.

ALGUNOS TEMAS DE *LOS MISERABLES*

El amor

El amor, pilar fundamental de la novela, toma diferentes formas. De hecho, Hugo presenta diferentes tipos de afectos, la mayoría de los cuales acaba de forma trágica:

- el amor sincero, simbolizado por la pareja Mario-

Cosette. Es la única forma de felicidad que triunfa en *Los miserables*;

- el amor paternal, ilustrado en las relaciones entre Fatina y Cosette y Cosette y Juan Valjean. Este tipo de afecto, platónico por definición, se transforma casi siempre en un sacrificio fatal: de esta forma Juan Valjean fallecerá para permitir a su hija adoptiva vivir un idilio. En cuanto a Fantina, se mata a destajo por una hija a la que no volverá a ver y cuya pérdida provocará su muerte;
- el amor imposible representado por el dúo Eponina-Mario. Este amor se tiñe también de un sacrificio trágico puesto que la hija de Thénardier, perdidamente enamorada del joven, lo lanza en brazos de Cosette, lo salva y recibe un disparo en su lugar.

La muerte

Otra característica de *Los miserables* son los numerosos fallecimientos que salpican la intriga. Suelen ser consecuencia de la posición social de indigente de los personajes y son independientes del tipo de fin propuesto por Hugo:

- la muerte épica de todas las víctimas de la barricada (Enjolras, Gavroche, Mabeuf, etc.) considerados menos que nada porque se oponen a la sociedad francesa;
- la muerte miserable, que suele marcar el final del camino de los que han vivido toda su existencia en la miseria y suele ser el resultado de un sacrificio (Fantina y Juan Valjean);
- el suicidio, que sólo concierne al personaje de Javert y constituye para Hugo una especie de locura (pensemos en el título de la cuarta parte «Javert desorientado»),

aunque justifique detenidamente este acto.

La religión

La religión tiene un lugar preponderante en *Los miserables*. De hecho, al principio del proceso de redención de Valjean, que se impone como un personaje de Cristo por la bondad que demuestra y los sacrificios que soporta. También constituye la base del obispo de Digne que Victor Hugo eleva al estado de santo aunque el personaje adopte una actitud a contracorriente de las costumbres dogmáticas de la época.

Pero más que un elemento debilitado en abundancia en la intriga (como las digresiones del autor sobre la Convención o sobre la filosofía de los conventos de la época), la religión, y Dios en particular, constituyen una temática omnipresente en la mayoría de las descripciones. Es también un pretexto para toda una serie de metáforas: por ejemplo el contenido de la carta de amor de Mario a Cosette, donde encontramos una gran muestra de frases «divinas» que proliferan en la novela.

No hay que olvidar añadir a estos temas el de la miseria, muy desarrollado en la sección dedicada a los personajes.

¿UNA NOVELA CON DIFERENTES TONOS?

El lado realista

Además de la referencia a una realidad histórica que hemos mencionado antes, *Los miserables* es un texto impregnado de una voluntad de realismo, sobre todo en la descripción de lugares (como el Elefante de la Bastilla donde duerme

Gavroche y que existió realmente) y sucesos (como las escenas de la barricada). De hecho, Victor Hugo se documentó mucho para crear el ambiente y presentar las acciones de la forma más creíble posible: así el autor es capaz de hablar tanto de la fabricación artesanal de las balas de fusil como de las técnicas más comunes para escapar de la cárcel o disertar sobre la forma de levantar una barricada.

El esbozo de París a lo largo de la intriga atestigua su preocupación por el detalle: aunque esté exiliado por su contestación al régimen dictatorial de Luis Napoleón Bonaparte, Victor Hugo solía enviar emisarios a la capital francesa para que le mantuvieran al corriente de los más mínimos cambios geográficos que ocurrieran y que él no podía comprobar en persona.

El lado político

Victor Hugo, al situar su intriga en años muy confusos desde el punto de vista político, sólo puede detenerse en estos últimos y explicitarlos. Asistimos a largas descripciones de los diferentes regímenes (el bonapartismo, la monarquía) y de sus consecuencias sobre el pueblo. El autor menciona también otras ideologías más prometedoras (la República). ¿Cuál es la opinión de Hugo sobre la cuestión?

Aunque venere a Napoleón Bonaparte y sienta gran afecto por Luis Felipe, el autor es un republicano convencido porque considera/cree que es el mejor régimen para el pueblo e intenta defenderlo en su obra. Esta opinión explica en gran parte la dimensión heroica que otorga a los defensores de la barricada que, aunque finalmente sean vencidos, constituyen las primicias del triunfo de 1848.

El lado social

La novela se constituye como una verdadera defensa a favor de los que se encuentran en la pobreza y miseria por la sociedad («En tanto que [...] sea posible la asfixia social [...] los libros de la naturaleza del presente podrán no ser inútiles », prólogo, p. 3). Así, a través de la indigencia de los protagonistas principales, Victor Hugo describe diversas clases sociales o personajes que la sociedad excluye o destruye: el mundo de la prisión y la imposibilidad de reinsertarse verdaderamente (con Juan Valjean), el trabajo extenuante de los hijos (con Cosette), el rechazo de pertenecer a la sociedad y las divergencias políticas (con Mario), el crimen (con Thénardier) o el universo paralelo de los niños de la ciudad (con Gavroche).

El objetivo de estos retratos diferentes es mostrar todos los problemas a los que se enfrentan estos personajes, problemas creados y mantenidos por la sociedad.

PISTAS PARA LA REFLEXIÓN

ALGUNAS PREGUNTAS PARA PROFUNDIZAR EN SU REFLEXIÓN...

- ¿Cuáles son las tramas románticas que podemos encontrar en la obra?
- ¿En qué consiste la crítica que Victor Hugo dirige a la sociedad de su época?
- El romanticismo está estrechamente relacionado con la idea de revolución. ¿Bajo qué formas se puede encontrar este concepto en la novela (tenga en cuenta los temas, el contenido, pero también la forma)?
- ¿Cuál es el efecto de la miseria en los personajes? ¿Qué mensaje quiere transmitir Hugo con este tema?
- *Los miserables*, como la mayoría de las obras de Hugo, es una novela muy comprometida. Describa sus reivindicaciones políticas y sociales.
- ¿Cuáles son las características del realismo presentadas en el relato?
- Compare *Los miserables* con el cuadro de Delacroix *La Libertad guiando al pueblo*. ¿Qué puede deducir sobre el romanticismo en la pintura?
- ¿En qué aspecto la lengua empleada por Hugo en la novela es innovadora? Compárela, por ejemplo, con *La princesa de Cléveris* o con una obra de Racine.
- Se suele reducir el romanticismo a una visión simplista e ingenua del amor. ¿Cómo aparece en la novela?

PARA IR MÁS ALLÁ

EDICIÓN DE REFERENCIA

- Hugo, Victor. 2008. *Los miserables*. Traducido por Nemesio Fernández Cuesta. Barcelona: Planeta, colección *BackList Clásicos*.

ESTUDIOS DE REFERENCIA

- Brière, Chantal. 2007. *Victor Hugo et le roman architectural*. París: Honoré Champion, colección *Romantisme et Modernités*.
- Gaillard, Pol. 1977. *Victor Hugo:* Les Misérables. París: Bordas, colección *Univers des Lettres*.
- Galloy, Denise y Franz Hayt. 1993. *De 1750 à 1848*. Bruselas: De Boeck Wesmael, colección *Du document à l'histoire*.
- Galloy, Denise y Franz Hayt. 1994. *De 1848 à 1918*. Bruselas: De Boeck Wesmael, colección *Du document à l'histoire*.
- Guillemin, Henri. 1988. *Hugo*. París: Seuil, colección *Points Littératures*.
- Juin, Hubert. 1984. "La bataille des Misérables", en *Victor Hugo*, t. II: 1844-1870, 462-477. París: Flammarion.
- Vargas Llosa, Mario. 2004. *La tentación de lo imposible*. Madrid: Alfaguara.

ADAPTACIONES

Los miserables ha sido objeto de numerosas adaptaciones

al teatro, a la televisión o al cine con más o menos éxito. Destacan sobre todo:

- *Los miserables*. Dirigida por Bille August, con Liam Neeson, Geoffrey Rush, Claire Danes, Uma Thurman y Han Matheson. Reino Unido, Alemania, Estados Unidos, 1998.
- *Los miserables*. Serie de televisión dirigida por Josée Dayan, con Gérard Depardieu, John Malkovitch, Virginie Ledoyen, Charlotte Gainsbourg y Christian Clavier. Francia, Italia, Alemania, Estados Unidos, España, Japón, Canadá, 2000.
- *Los miserable*. Dirigida por Tom Hooper, con Hugh Jackman, Russel Crowe, Helena Bonham Carter, Anne Hathaway y Amanda Seyfried. Reino Unido, Francia, Estados Unidos, 2012.

EN RESUMENEXPRESS.COM

- Guía de lectura de *Claudio Gueux* de Victor Hugo.
- Guía de lectura de *Hernani* de Victor Hugo.
- Guía de lectura de *El último día de un condenado a muerte* de Victor Hugo.
- Guía de lectura de *El hombre que ríe* de Victor Hugo.
- Guía de lectura de *Nuestra Señora de París* de Victor Hugo.
- Guía de lectura de *Noventa y tres* de Victor Hugo.

ResumenExpress.com